노마드의 꿈

바람의 순환으로부터

노마드의 꿈
바람의 순환으로부터

초판 1쇄 인쇄일 2017년 10월 20일
초판 1쇄 발행일 2017년 10월 25일

지은이 조은영
펴낸이 양옥매
디자인 임홍순
교 정 조준경

펴낸곳 도서출판 책과나무
출판등록 제2012-000376
주소 서울특별시 마포구 방울내로 79 이노빌딩 302호
대표전화 02.372.1537 팩스 02.372.1538
이메일 booknamu2007@naver.com
홈페이지 www.booknamu.com
ISBN 979-11-5776-482-2 (03800)

이 도서의 국립중앙도서관 출판시도서목록(CIP)은 서지정보유통지원 시스템
홈페이지(http://seoji.nl.go.kr)와 국가자료공동목록시스템
(http://www.nl.go.kr/kolisnet)에서 이용하실 수 있습니다.
(CIP제어번호 : CIP2017026669)

*저작권법에 의해 보호를 받는 저작물이므로 저자와 출판사의 동의 없이 내용의 일부를
  인용하거나 발췌하는 것을 금합니다.
*파손된 책은 구입처에서 교환해 드립니다.

노마드의 꿈

바람의 순환으로부터

청연 조은영 **제 2 시집**

책나무

시는 삶의 시작이며 끝이라고 생각한다.

그간 그림, 철학, 행위, 사물과 장치, 생명, 상상과 이상 등 그 밖에 수없이 많은 모티브를 대상으로 어떤 방식으로든 표현해 왔다. 주제가 정해지면 써야지 하며 게으름을 피우다가 2집에서 가속도가 붙게 된 이유는 그야말로 좋은 주제와 그림들을 만나서다.

1집에서는 여러 주제로 나누어 분야별 시를 썼다. 2집에서는 다양하고 각양각색 상상의 세계를 열어 표현하고 싶었다. 삶과 죽음, 생물과 동물 그 밖에 여러 장치들(자동차, 축음기, 소파, 가방, 비행기 등등)을 활용했다. 그것에서 철학적 화두인 윤회를 보았다. 생각지도 못했던 여러 장소에서 꽃과 이상의 세계가 펼쳐지고 있다. 중요한 것은 꽃이 피고 지는 모습에서 삶과 죽음의 모습을 그려 낸 화가의 마음 – 그 모든 것이 '바람의 순환으로부터'라는 단 하나의 주제이다. 시간과 공간에 상생과 공존을 담아 더불어 표현되었다.

황제성 화백의 그림 세계와 나의 시 세계가 통한다는 것은 쉬운 일은 아니다. 그런데도 이처럼 독특한 시와

노마드의 꿈

그림의 세계가 어우러졌다. 그것은 시와 그림으로 사물을 바라보는 눈이 같았다는 증거이다. 또한, 모든 대상의 속성을 꿰뚫어 보는 능력은 사람에 따라서 무한대로 펼쳐질 수 있음도 보여 주었다고 생각한다.

시인은 사물과 현상의 안팎을 보고 시구로 표현하고 화가는 그 포인트를 찾아 그림으로 표현한다. 단지, 글이냐 그림이냐의 차이일 뿐이다. 이 시집은 단순한 시집이 아닌 명품 화가와 순수한 감성 시인의 프로다운 기술(Technology)이다. 늘 그렇지만 독자들에게 좋은 작품은 누군가에게 꿈과 희망이 된다. 작가는 질 좋은 작품으로 그에 보답할 뿐이다.

40년 이상 그림에 매진했던 화가의 그림을 보고 감수성 풍부한 시인은 과감하게 작품으로 써 보겠다고 말했다. 그때 'No'가 아닌 'Yes'로 화답했다. 그런 기회는 쉽게 오지 않는다. 아마 그 어디에도 찾아보기 쉽지 않을 것이다. 나의 시를 믿어 주신 황 화백의 인성에 반했다. 지인의 남다른 관찰력과 추천으로 만났던 기회였고, 화가의 그림에서 내면과 스토리를 찾아내 주제와 매치시키는 동안 최고의 컨디션을 유지했던 행복한 글쓰기의 시간이었다.

- 2017년 가을, 청연(靑演) 조은영

6부.
이상을 넘는다

7부.
꽃은 피고 지고

1부

바람의
순환으로부터

생명의 날개를 달아

다시 태어나면
정착하지 못한 그들에게
나만의 세계를 보여 주고 싶다

소중한 것은 무엇이든
바람은 왜 부는 것인지

걷지 않고 자동차를 타고
잔디 위보다
소파에 앉는 걸 좋아하는지

비행기를 타면 좋겠지만
배를 타고 하늘을 난다면

왜 새들만 날개가 있어야 하지?
얼룩말에게 예쁜 날개를 달아 주자

노마드의 꿈

살아 있는 생명에 날개를 달아
숨 쉬고 노래하는 것들을 느껴 봐

살아 있다는 것은
정말이지 감사한 일이야!

축복의 노래를

꽃이 활짝 핀 나뭇가지 위
새들이 부르는 행복의 노래

마음이 들뜬 일상에서 벗어나
그들이 부르는 동화 같은 노래

상상의 비행기를 조종하던
그들의 큰 날개를 접지 못해

가던 길을 잃었는지
잠시 그곳을 배회하며

축복의 노래를 아름답게
귀 기울여 듣고 있다

노마드의 꿈

윤회를 꿈꾸며 · 1

나에겐 없는 게 없다

눈앞에 펼쳐진 높은 산
멀지만 낮지 않은 멋진 궁

나에겐 날개 달린 흰 말과
핑크빛 미니 스쿠터도 있고

여행 가방을 타고
날아가는 꿈도 가지고 있어

내 바람은 그들이 다시 태어나길…

또 다른 세계에서
좀 더 많은 경험을 할 수 있도록

정말 윤회시킬 수 있을까?

윤회를 꿈꾸며 · 2

삼계 육도(三界六道)를 돌고 놀며

생사를 거듭하고 싶니?
너는 무엇으로 태어나고 싶니?

부처가 찾아와 물었다

무시무종(無始無終)으로 생사를
되풀이하는 존재 자체를 믿을 수 있느냐고

업에 따라 다양한 형태로 태어난다는
어렵지만, 윤회 사상(輪廻 思想)을 믿느냐고

흥미롭다는 생각에 푹 빠지며

가능하다면
이 또한 바람의 순환으로부터 오는 것이니

노마드의 꿈

바람으로 태어나고 싶다고

장치들은 말한다

유체 이탈을 시도하다

감각적인 체험을 하고 싶다는데

새들은 웃기만 한다

공간과 시간을 넘나들며 사는 것

눈 뜨면 하는 일이 그것인데

드디어 해낸 것 같아

신체를 빠져나와 영혼이 있다는 건

이상의 세계에선 가능하지 않을까?

글쎄, 지켜봐야 알겠지만

유체 이탈(幽体離脫)과 같은

다차원의 세계를 실감하려면

어디 한번 시도해 볼까?

미스터리^(mystery) UFO

에너지 파동과 자기장

네가 발산하는 매력이
과학적으로 설명이 안 된다?

궁금증이 생겨나고
내 눈엔 네가 기이하게 보인다

산 정상 위에 둥근 네가
보텍스라 부르는 둥근 지점

도넛도 아닌 것이
먹을 수도 없는 것이

참으로
미스터리(mystery)하게 생겼다

플라톤의 이데아

– 다차원

그가 던진 질문들은 쉬우면서 어렵다

새를 본 적이 있는가?
나무를 본 적이 있는가?

그가 말한 나무와 새의 본질은
모두가 이데아에 있는 존재

그곳엔 여러 가지 나무
다양한 새들이 살고 있지만

우린 만난 적이 없다
그가 말한 이데아에선

2부

이상한
어른들

바람의 힘

도저히 이대로 안 되겠나
내게는 멋진 자동차가 있지만

새들도 나의 꿈을 응원하지만
이번엔 내가 직접 날아 볼 테야

난 언제나 그들과
그들의 삶에 모범을 보여야 하니까

꽃들은 나를 태우고 인도할 모양
바람의 힘을 보태어 꿈을 이루게 해

가자! 저 높은 곳으로

바람이 말하는
각양각색 이상의 세계로 말이다

이상한 어른

그들은 무엇인가 전염되었다

살갗의 핏줄이 넓어지고
피가 고여 꽃을 물들이는 일

새들은 어디로 간 것일까?
붉게 물든 물고기가 찾아와

온통 붉게 물들여 놓은 그들
이상한 어른들을 이야기하며

생명의 존엄성과 순환을 모르는
감염된 이상한 어른들이

절대 되지 말자고 귀띔한다

일탈의 자유

지친 일상 지친 업무
숨 막히는 도시를 떠나

넓은 강과 드높은 하늘에
숲을 등지고 바라보는 나

누구보다 자유롭고
그 누구보다 행복하다

푸른 하늘에 날개를 펴고
꿈 실은 비행은 최고의 선물!

바람의 순환!
세상 가장 멋진 일탈의 자유!

그들도 이 기분 알 수 있을까?

노마드의 꿈

사라진 정원수
– 수국

계단 앞 화단에 시원하게 장식해 주던
풍성하게 피어 기분 좋게 해 주던 너인데

너만 보면 상처로 아픈 내 심장이
회복기를 가지곤 했는데
밤사이 온데간데없이 사라졌다

나는 너를 찾기 위해 여행을 떠날 거다
바람과 함께 네가 있을 만한 곳
어디든 달려가

네가 나에게 얼마나 소중한 존재인지
너를 데려간 그들에게 보여 주고 말 테다

백로의 변덕

도통

정체를 알 수는 없지만

붉은 꽃이 치마를 펼치자

아름답다더니 그새 변덕을 부려

마음을 이기지 못해 날개를 펴

달이 뜬 밤에 꽃을 슬프게 하는 일

이상한 어른들과 행동을 같이하며

제가 사는 나무의 숲으로 돌아가

붉게 물든 꽃은 잠시 힘을 잃어

노마드의 꿈

바람을 불러내

백로의 변덕을 위로받았다

3부

다양한
친구들

꽃이라는 여인

세상엔 꽃만 있는 것이 아니다

증명하려는 작업은 아니지만

나는 그들에게 보여 주고 싶었어

바람과 꽃과 새들도

세상에서 가장 아름다운 것

하얀 도화지 위에 나의 본능

꽃이라는 여인을 그려도 좋다고 말이다

노마드의 꿈

꽃의 그네

그림 그리는 피노키오!

주인공이 떠오르지 않는다

나의 세계엔 주인공이 정해지지 않아

글라디올러스에 그네를 걸어

직접 걸어가 피노키오를 앉혔다

창밖으로 고개를 내민 단단한 알뿌리 덕에

그네를 타며 바람의 순환을 느껴 본다

꽃의 그네에서 이상을 생각하며

바위와 꽃

시작이 반이지만 마음에 걸린다

꽃을 그리며 피우려 했더니

바위가 시비를 건다

바위틈에서도 꽃이 피는데

전혀 몰랐느냐고

고집이 센 건지 답답한 건지

꽃은 겨우 마음을 열어 보이며

바위틈에 그려도 좋다고 말한다

위대한 전사

밤사이 변기가 바다에 빠졌다
신호를 보내 바다로 달려갔지만

힘 빠진 강아지가
건질 수 없으니 포기하란다

그럴 순 없지
변기를 꼭 건져낼 거다

바람의 순환으로부터 얻은 힘
난 위대한 전사니까

여전사와 함께

나의 바다엔 게임 속 전사가 있다

중심 한가운데 꽃을 피우고

가방에 생명을 의존해

구사일생으로 살아온 강아지도 있다

바람은 그들을 보내

푸른 하늘과 넓은 바다의 세상

닭이 날지는 못해도

바다를 걸을 수 있는 세계

노마드의 꿈

맘껏 누리며 승전고를 울린다

여전사와 함께

4부

현실
너머엔

소원을 비는 거야

내가 그리는 세계는
모두가 바람의 친구이자 삶의 모든 것이며
우리가 살아가는 모습일 거다

나의 세계엔 주인공이 따로 없다
자동차, 얼룩말, 꽃등 모든 대상이 그렇지만

세상은 꿈만 꾼다고
이루어지는 것 아니기에

그들 모두 느낄 수 있게 해달라고
지금부터 소원을 비는 거다

노마드의 꿈

국경 없는 나라

이상을 넘나드는 네가

현실을 넘어 세계를 안주하며

누군가에게는 희망이고

또 누군가에게는 기쁨이 되어

행복을 전하고 싶다

그들이 넘나드는 어른들의 세계

바람이 순환하는 곳

그곳이 바로 국경 없는 나라일 거다

벽이라는 장애

극복하기 어려울 때도 있다

모든 관계와 교류도 단절하려고

작업실 사방에 수직으로

벽이라는 장애를 높이 쌓아 버렸다

창문을 닫고 차단하자

바람은 그러지 말라고 타이른다

노마드의 꿈

알레고리(allegory) 관점으로

바람의 순환을 위한 3인칭들

수사와 은유의 기교가 아닌

그림 속 전체적 등장인물과 스토리

그 속에서 전체를 하나로 묶어

총괄적 은유를 표현하는 일은

그 또한 쉬운 일이 아니지만

나의 원동력은 알레고리 관점으로

바람의 순환으로부터 오는

은유를 담고 있다

변덕과 진심(Hydrangea)

수국은 언제나 바람의 순환을 느껴

그런데도 불구하고 변덕을 부린다

이랬다저랬다 혼란스러워

꿈을 위해 가는 길에 이러면 안 되는데

부디 마음을 정화해

그들에게 진심을 보여 줬으면 한다

그렇게 해 줄 거지?

노마드의 꿈

시간(時間)과 공간(空間)이 필요해

사차원 시공 위해

그 심오한 생각을 그릇에 담아

풀어놓기까지의 과정이 힘들다

시간(時間)과 함께 시공 세계를 성립시킬 곳

그런 나만의 공간이 필요했지만

사차원의 세계는 멀고도 험해

가던 길을 멈추고 돌아오길 반복한다

세우고 이루기 위한

시간과 공간이 너무도 절실하다.

이념^(理念)적인 주제

모든 것은 순수함에 있다

다양한 장치들도 그 때문에

물고기나 곤충이 된

숨겨진 나와 함께할 수 있었던 것

어떤 시간 어떤 공간에

그들의 견해와 함께 가치를 추구하고

규범들을 준수하는지 아무도 모르지만

최고의 관념으로 널 포기할 수는 없다

노마드의 꿈

내면의 주제(主題)

수학을 잘하면 분수를 잘 알고

국어를 잘해야 주제를 잘 안다?

생각해 봤는데

그림을 감상하다가 작가의 심리적

정신적 측면과 나타내고자 하는

기본적인 사상을 보았다면

내가 내면의 주제 좀 아는 거 맞나?

위로의 노래

교감할 수 있는 언어로

인간의 삶이 좀 더

고민과 번뇌에서 벗어나길 바란다

꽃과 새들의 유영(遊泳)을 통해

자유롭고 편안한 삶을 살아가길 바라지만

강한 사람이 되어 내가 정한 모티브보다

힘들지만 지킬 것은 지켜 가며

내가 부른 위로의 노래를 듣기 바란다

어때, 위로가 좀 됐니?

5부

장치들의
대화

자동차의 꿈

하늘을 닐고 싶은데 날개가 없다

누구든 비슷한 이상과
비슷한 꿈을 꿀 수는 있지만
같은 이상, 같은 꿈을 꿀 수는 없다

날개를 달아 준 얼룩말은 하늘을 날고
자동차는 온종일 달리기만 하는 게
불만이 생길 만도 하다

아직 정하진 않았지만
그를 위해 날개를 다는 일
꿈을 이뤄 주는 일들을 고려해 본다

악기를 연주하는 일

어디든 동반할 수 있어 좋다

쉽게 얻은 게 아니니
함께 있으면 웃음이 나

좀 더 마음을 나누고 싶다

악보를 보고 집중을 하거나
악기를 연주하는 일은

우울한 일들을 지우고 떠나보내
즐겁고 멋진 시간을 보낼 수 있어

참으로 행복하다

축음기와 할미꽃

어러 해 살아왔는지

촘촘히 나 있는 긴 털만 봐도

알 수 있을 것 같아

슬픈 추억을 간직한 채 고개를 숙이고

내 얼굴을 똑바로 보지 않는구나

독성의 무기를 가지고도 상심에 싸여

사랑이라는 굴레에 빠지면

바보가 되는가?

슬픔에 빠진 할미꽃을 위해

노마드의 꿈

나팔꽃 닮은 축음기는

제 몸을 움직여 스스로 연주한다

상생(相生)하다

서로 북돋우며 살아가야 의미가 있다

음양오행설도 있듯이

글을 쓰면서도 느끼는 일이지만

최소한 둘 이상은 어우러져야 한다

그림 속 사물과 생명이 장치들과

잘 어우러져 작품이 되듯이

글과 그림이 어우러지는

상생(相生)의 기쁨은

누구나 느낄 수 있는 게 아니다

이보다 더 좋을 순 없다

　　　　　　　　　　　　　　노마드의 꿈

장치들의 반란

자리를 비우면 꼭 이런 일이 생겨

잡다한 말소리와 노랫가락까지

시장통이 따로 없네

금일이 지나도록

내란의 교통정리는 꼭 필요하다

생명은 이쪽으로

사물은 저쪽으로

어허, 반란은 이제 그만두라니까

6부

이상을
넘는다

넌지시
– 바람에게

속삭이듯 스미는 바람을 보니

활짝 핀 꽃잎 한 장 주고 싶다

내 속을 다 보고도 웃는 걸 보니

바람은
뭘 좀 알고 웃는 건가?

이 꽃이 흩어질 때
벚꽃 되어 흩날릴 때

이듬해
다시 피어나 맺힌 꽃망울이나

환한 미소
뽀얗게 속살 보이며 다시 보여 줄 것인지

넌지시 묻고 싶다

노마드의 꿈

도약

– 흰 꽃을 향해

흰 꽃이 속살을 보이며

온 마음을 수놓듯이 피어났다

바람은 희고 고운 너의 모습이 좋다고

자신이 꽃이었으면 좋겠다고 말한다

날개를 단 흰 백마는 그 꽃이

제 모습인 양 착각하고

힘차게 도약하며 날아올랐다

이상의 언덕

한적한 산길을 따르다 방향을 잃었다

사슴은 꽃의 향기에 취해 이르길

이곳까지 왔다고 말한다

바람은 물이 있는 곳을 찾으라고 일러 주고

그 길을 따라가다 보면

내가 사는 곳이 나올 거라며

어린 사슴을 이상의 언덕으로 안내한다

부처와의 대화

사람들에겐 믿음이 있다

네 믿음을 말해 줄 수 없지만

나는 네 마음을 이해하려 하듯

믿음이란 부모와 같은 것일까?

귀하고 좋은 교훈을 들려주면

꽃들은 행복해할까?

가끔은 바람이 말한 대로

그들의 부처가 꽃에 어떤 영향

어떤 의미를 부여해 주는지 궁금해

멀지만 그들의 이상을 바라보면서

꿈을 찾아서

높이가 약 8,850m

에베레스트 산에 가면 꿈을 찾을 수 있을까?

나만의 상상을 통해 진심을 말하는 날

어제와 다른 변덕쟁이라고 놀렸지

그럴수록 냉정하고 거만해질 거다

진심을 전하기 위해 수국 꽃 중에

흙의 산도가 달라 바다를 닮은 색

어떤 싸움에서도 지지 않을 것이며

크기로나 의미로나 아름다워

꿈을 찾아서 가는 길이

어렵지 않을 것이다

현실 너머에

내 빙에 놓인 자동차와 사물을 지나

창문 밖에는 많은 모험이 기다린다

하늘도 있고 꽃과 나무들

바람의 순환으로부터

피어나고 태어나는 모든 생명이

이기적이거나 모자라지도 않아

상상 이상의 세계를 펼쳐 놓는다

우리의 현실 너머에

노마드의 꿈

바람 닮은 이상

불어온다

스며든다

바람이 꽃들에 스쳐 가는 건

당연한 일이겠지만

내가 바람을 나의 이상과

닮았음을 주장하는 단 한 가지 이유는

바람의 순환으로부터 시작되었기 때문이다

네 생각이야 어떻든 말이다

서로 사랑하듯이

경이로운 신세계(新世界)

비슷한 점이 많아

놀랍고 신기하기까지 한데

전시관에 펼쳐진 이상의 세계에

신대륙을 발견한 기분은 뭘까?

무궁무진한 상상력과

다양하고 끊임없는 장치들의 활동

기대하고 왔지만, 그 이상이라는 것

그들의 세계는 참으로 경이롭다

만나서 반가웠어

노마드의 꿈

자유로운 유영(遊泳)

물고기처럼 이상을 헤엄치며

많은 생명과 대화를 나누기도 하지만

유목민처럼 마음을 떠돌며

고독과 싸우는 일

참으로 오랫동안 해왔다

포기할 수 없어 도전은 계속될 것이다

자유로운 여행의 결실을 보기 위해서

잘 참고 잘 견디며

끝까지 헤엄쳐 종착역까지 갈 것이다

자유로운 유영(遊泳)을 하며

동양철학(東洋哲學)이 뭐길래

사실

중국철학(中國哲學)에

한국철학(韓國哲學)을 살짝 첨가한

굳이 설명하자면, 기분이 별로다

대표적인 철학이라는 생각은 들지만

인도나 다른 동남아 국가들은

종교철학(宗敎哲學)에 가깝고

일본은 역사를 왜곡했기 때문에

철학이 있다면 모순인가?

철학은

도(道)를 체득 · 실천하는 학문인데

부처님과 가까워야 알 수 있으니

오늘은 부처님을 만나서

동양철학(東洋哲學)이 뭐길래

그리도 아끼시는지 인터뷰를 해야겠다

여백의 미학(美學)

고전주의 미학일까?

한국적인 애수의 미학은 어때?

그것도 아니면

감성적이면서 사물을 지각하는

독특하면서 특유의 미학을 생각한다

자연이나 인생의 본질, 나의 세계를

여백의 미학(美學)으로 표현해 본다

오직 한 가지 주제를 담기 위해

언틀먼틀

– 울퉁불퉁

물고기들은 이상의 세계에

행복한 피노키오의 연못엔 살지 않는다

언제나 내가 날고 싶어 하는 욕망이 커

여백을 헤엄쳐 다녔다

연못이 고르지 못한지 생명을 지닌

물고기는 공간을 유영(遊泳)하며

바닥이 언틀먼틀해 살 수 없다고

비웃으며 말한다

7부

꽃은
피고 지고

좀 더 화려하게

— 삶

얼마나 더 치마를 펼치느냐가 중요해

시간이 필요한 건가?

봉우리에서 하나씩 스스로

마음을 여는 모습이 아름다웠다

바람은 힘겹게 자신을 보이는 널

입김을 불어 돕고 싶었는지

언제나 선한 바람으로 순환시키고 있어

좀 더 화려하게 피어날 너를 위해서

꽃잎이 떨어지면
– 죽음

피어나기도 힘든 세상에

꽃잎이 떨어지는 것을 보고

생명이 사라지는 느낌이 들어 슬펐다

시들어 꽃잎 한 장

떨어지는 모습도 안타까운데

바람이 세차게 불어

겨우 붙어 있는 생명마저 떨어질까 봐

바람에게 일러두기로 했다

제발 살살 좀 불어 주기를

살아 있는 거 맞아

무엇인가 다른 목적이 있다

살아야겠다, 아니면 그렇지 않다

생명이 어디 지고 싶어서 지겠어?

피고 지는 자연의 이치와 어쩌면

반복되는 윤회에 비롯되어

계절이 바뀌면 피어 태어나고

다시 또 지고 죽는 것이겠지

가끔 그런 생각이 든다

화려하게 치마를 펼쳐 놓고 웃는 한

살아 있는 거 맞아

노마드의 꿈

탄생(誕生)

그림의 모티브가 탄생하는 것

가만히 지켜보다 그 마음을 읽었다

바람에 흔들리는 꽃이

활짝 피어나는 모습을 보고

생명의 순환과 삶을 표현한 이유

감성 여린 마음이

꽃이 지는 것을 보고 아파할 것 같아

공감이 된다

너의 탄생(誕生)을 지켜보면서

죽음의 공포(恐怖)

꽃이 두려움을 느끼거나

공포(恐怖)가 엄습해 와 끝이라는 느낌

말하자면

회복기로 들어 탄생을 위해

피하거나 거부 없이 거치는 진통

인간도 그럴 수 있으나

다시 꽃으로 태어나기 싫어도

남겨 둔 작은 씨앗 때문에

죽음의 공포(恐怖)조차 피할 수 없어

너무도 안타깝다고

노마드의 꿈

8부

꽃이
아름다운 이유

수국의 노래

세상에 모든 민지를

정화된 마음으로 씻어 주고 싶다

이상한 어른들은 나를 탐내지만

결코 진정한 아름다움을 몰라

겉으로 볼 수 있어도

마음으로 볼 수가 없어 안타깝다

그들을 정화하고자 부르는 노래

그들도 들을 수 있을까?

노마드의 꿈

Narcissus(수선화)

고결하고 신비하게 태어나

자존심 하난 최고!

나만의 사랑을 꿈꾸는 이유는

사람들로 인해 얻은 외로움 때문이고

나의 내면을 오랫동안 들여다본 탓에

멀리 있는 범종도 스스로 울린다

바람은 이런 나를 보고

참으로 외로워 보인다고 말했다

그래, 참 많이 외롭다

창밖에 핀 꽃들

갇혀 있는 작업실 창밖에서

말을 타고 이동하며

실어 나르던 화분 위 나뭇가지에

새가 앉아 꽃을 보고 말했다

와, 정말 아름답구나!

바람이 들려주는 이야기

새가 들려주는 자태를 듣고

시로 꽃을 그려 나가는 일

정말 행복한 일상이다

향긋한 히아신스

이 정도라면 호세 카레라스의 고백도

부럽지 않다

사탕만큼이나 달콤한 향기는 처음이야

바람은 히아신스가

양파 같은 알뿌리에서 꽃대가 나와

파스텔 색조의 꽃잎을 피우는 건 더욱

신기하다고 말한다

마치 애벌레가 나비로 변하듯이

이상한 그들도 좋아하겠지?

하얀 장미

고궁 한쪽에 바람으로부터

순환되어 피어 있는 너를 보고

'빛의 꽃'이라 부르고 싶은데

괜찮겠니?

순결하고 백색의 매력적인 모습

그런 네가

바람은 존경스럽다고 말한다

동백꽃의 슬픔

화려하지만

마음은 그렇지 못한가 봐

누군가를 사랑하듯

애타게 기다리는 것 같아

나무와 얼룩말들은 너의 얘길 했다

네게 다가가고 싶지만

너무도 슬픈 모습에

멀리서 바라만 보고 있었다고

동백아, 화려한 네 모습만큼

조금만 힘을 내 웃어 주면 좋으련만

서양란의 미(美)

아름다운 꽃이 많은 건 사실이다

자국 난은 작고 단단하고 야무지지만

서양란은 그 종류가 크고 다양하다

멋진 궁궐을 그려도 어울리지만

고궁을 그려야 살아나는 건

자국 난이 우월하기에

이상을 바라본 그들의 세계

보여 주고 싶은 삶과 미학

모두가 아름다움에서 시작된다

멀리서 찾아온 너 역시

바람의 순환으로부터 피어났다

사군자(四君子)

각양각색 동서양의 세계가
어우러지도록 그리는 화가

매, 난, 국, 죽 사군자

매실나무 꽃 피우고 난 뒤
난은 여름에서 가을까지
크기에 따라 대, 중, 소국
이어서 진한 향 피우는 국화
쭉쭉 뻗는 대나무는
녹경(綠卿)이라고도 한다

나의 사상엔
서양화에서부터
한국화에 이르는 동경이 있다
그립다

　　　　　　　　　　　　　　　노마드의 꿈

9부

동물들은
뭐하니?

사슴

두 눈은 금세 눈물이 고여
네 선함은 백문이 불여일견

긴 목선을 따라 바라보면
향기로운 큰 관을 쓰고 있다

시선을 고정하며 무언의 몸짓
네 몸은 온통 꽃으로 치장한다

하늘에서 내리는 첫눈의 설렘
네 어깨에 흰 날개를 달고 싶다

샘에 목을 적시고 금세 사라져
다시 어딘가에서 나를 바라보는

네 모습이 가히 사슴이로다

노마드의 꿈

동물에 대한 배려

오늘은 날개를 달아 준 백마에게

나의 소중한 침대를 양보했다

정교하고도 힘차게 날아오르는 기술

그 점을 존중해 왔다

상으로 베개와 침대를 배려했는데

안절부절 서 있기만 했다

너를 위한 최고의 배려였는데 말이지

얌전한 강아지

평소와 다르게 꼼직도 하지 않는나

붉은색의 색조에 글라디올러스 종
파이어 프랜드를 보면

색채의 마술사
야수파 앙리 마티스가 그린

'춤'작품이 연상이 되고

새는 그런 강아지가 한심해
이 꽃은 그의 작품과 같지 않다고

그건 인간이고 이건 꽃이니까

혼이 난 강아지는 바람을 바라보며
얌전히 있겠다고 약속했다

강아지와 다흰나비

봄에는 진달래꽃이 피어나

강아지가 힐끔 곁눈질하게 한다

누가 봄 아니랄까 봐

순백의 다흰나비도 인사를 나왔지만

꽃이 피어나는 순간은 누구도

행복하지 않다고 말할 수 없다

강아지와 다흰나비는 진달래꽃에 말했다

이 모든 생명의 탄생은

바람의 순환으로부터 오는 거란다

말과 정화된 꽃

스며든나는 섯

깨끗한 것을 좋아하는 건 누구나

같은 생각이다

정화된 느낌의 꽃을 고르라고 한다면

아마도 수국을 선택하겠지만

나의 장치들은 아니더라도

날개 달린 백마가 재빠르게 행동하는 것

이해가 된다

스며든다는 것은 그만큼 좋은 것이니

노마드의 꿈

정화된 꽃을 차지하려는 욕심을

가지는 게 당연하다

바다에 간 앵무새의 말

사람들의 일상에서는
나의 상상의 세상에 빠진다는 것

바다를 좋아하는 것도 아니고
그렇다고 꽃과 얼룩말도 알지 못한다

앵무새는 순환된 언어로 내게 말했다

나의 세계는 환상적이며 미묘한
심리적 경험의 기회를 제공한다고

앵무새도 반복된 언어로 말한다
너도 바다를 좋아하게 될 거라고

노마드의 꿈

10부

거울을
본다

그림 그리는 피노키오

그대가 울면 그림이 번져
꽃도 울고 얼룩말도 운다

이탈리아 콜로디의 걸작인
착하고 순수한 그대라는 것

추운 겨울 제페토 할아버지
옷을 팔아 지식을 심는 노력

현혹되지 말지 그랬어
거짓말은 지키기 힘들잖아

코가 길어지면 후회하다가
소리 없이 그림 그리는 그대

상상의 나래 그대의 꿈속에서
행복한 그림 그리는 피노키오

나는 네가 정말 좋다

마음으로 보다

− 어린 왕자

눈으로만 보고 생각하니까
마음에 눈이 있으면 좋겠어

지구에 사는 여우의 충고가
내가 좀 더 너를 사랑했다면

만나지 말아야 할 경험 따위
그처럼 긴 여행은 하지 않아

내가 만난 여러 유형의 어른들
정말 이해할 수 없어 한심하다

내가 너를 잘못 길들였으니까
끝까지 책임져 주고 지켜 줄게

나는 이제부터
장미 너를 마음으로 볼게

피노키오의 행복

나의 공간에는 연못도 있고

활짝 핀 꽃과 아름다운 새

날개 달린 얼룩말과 보라색 커튼

누구든 내게 말을 걸 수 있는 전화기

편안히 쉴 수 있는 붉은 소파

각양각색 꽃을 둘러싼 푸른 잔디

현관 밖 넓고 푸른 바다에서 들려오는

역동적인 파도 소리를 들을 수 있다

피부가 탈까 봐 펼쳐 놓은 파라솔과 벤치는

노마드의 꿈

시원하고 달콤한 파르페를 먹으며

독서를 즐길 수 있어 좋고

식사 시간을 알리는 작은 종

숲의 소리를 담아 들려주는 나팔꽃 닮은

측음기의 교향곡이 빨간 우체통에서

네가 보낸 바람의 편지를 읽는 것처럼

그림 그리는 피노키오는

너무도 행복하다

나라는 곤충의 번뇌(煩惱)

내가 무엇을 생각하고 느끼는지

중요하게 생각하는 게 당연한 건데

마음이 이런 단순한 생각조차

괴롭히니 망념(妄念)에 시달린다

곤충강 동물이 된 내 모습

그들은 이해할 수 없다고 했나?

그럼 이해하지 마

때가 되면 깨달을 테니까

　　　　　　　　　　　　　　노마드의 꿈

물고기의 고민

나라는 물고기는

척추가 있어도 사람은 될 수 없다

연못에 살든 민물에 살든

사람이 가진 인성은 있는데

몸은 지느러미를 달고

차라리 인어라면 왕자라도 구할 텐데

사차원 속 시공을 넘나들며

각양각색 물들고 유영(遊泳)하는

한낱 물고기라 고민이다

명리(名利)

화가가 그림 그릴 때

무엇을 생각하고 그림 그릴까?

이것저것 다 그리는 걸 보면

명작은 작가가 살아서도 탄생하고

죽어서도 미완성의 대작을 남기지만

그럼 나는 무엇을 남기지?

감동과 희망을 남기고 싶다

진실된 예술을 위해

시인의 명리(名利)를 위해서

노마드의 꿈

시인(詩人)과 화가(畫家)

시인은 시로 그림을 그려 가고
화가는 그림으로 시를 쓴다는 말
귀에 익숙하다

사물을 바라보는 남다른 눈

시인은 이면을 보고 시구로 표현하고
화가는 포인트를 찾아 그림으로 표현한다

단지,
글이냐 그림이냐의 차이일 뿐

모든 대상의 속성을
꿰뚫어 보는 능력은 같다

시인(詩人)과 화가(畫家)는

노마드, 영원한 푸른 하늘의 꿈

– 경암 이원규 (전기작가 • 칼럼니스트)

지난여름 무더위는 가히 살인적이었다. 밖에 나가기가 겁이 나고 안에 있자니 에어컨조차 순환의 바람으로부터 오는 거라서 영 못마땅했다. 도심이라면 그럭저럭 더위를 피할 데가 많겠지만, 시골도 요새는 많이 변했다. 골목까지 콘크리트로 땅을 덮어 놓아 반사열이 장난이 아니다. 중심가로 나가면 관공서나 은행에서 무슨 볼일이라도 있는 것처럼 행세하며 잠시 더위를 피해 보지만 아무래도 눈치가 보인다. 가장 좋은 곳은 역시 항온항습조가 가동되는 박물관이다.

필자는 우연한 기회에 2000년대 중반, 잠시나마 교육박물관 학예연구실장으로 발령받아 근무했었다. 세상 물정에 어둡고 뭐가 뭔지 모르던 때라서 그 완장(?)이 대단한 감투인 줄로 착각하고 겁 없이 쏘다녔다. 듣기 좋은 말로 벤치마킹한답시고 관장님을 대동하고 자주 출장(?) 갔던 곳이 미술관·박물관이다. 입장료 걱정은 안 해도 됐다. 겸사겸사 들렀다면서 말을 걸고 명함을 건네면 아무 소리 안 해도 어느 틈에 커피 혹은 차가 자동으로 나왔다. 내 생에서 그 시절은 꽃피던 봄날이었다.

고백건대, 이 시집의 표지화로 흔쾌히 작품 사용을 허락하며 신예 청연 시인에게 진심 어린 격려를 아끼지 않은 황제성 화백은 필자와는 고교 동문이다. 그 당시에는 학년과 학과가 달라서 살갑게 교류는 못 했지만, 필자가 군대에서 휴가를 나왔을 때 미대에 진학했다는 소문은 얼핏 듣긴 했다. 필자도 고교 시절 특별활동은 미술부였던지라 미대에 다니는 동창이나 선배들과는 꾸준히 관심 두고 어울리며 그림에 대한 연줄은 끊지 않고 이어졌다. 그러다가 직장 따라 부산으로 이주하는 바람에 20여 년간은 소식이 끊겼다.

세월이 흘러 오늘날에 이르니, 황 화백은 국전에서 최고의 영예인 대상도 받았고, 인터넷 미술품 경매 사이트 포털아트에서 최고의 인기도 누리는 골든 아이 (Golden Eye)로 성장했다. 불볕더위가 기승을 부리는 지난 무덥던 한여름에, 초대전이 있다 해서 직접 작품을 대할 기회도 있었다. 젊은 시절부터 귀공자 타입이었던 그의 작품을 대하니 범접할 수 없을 아우라(Aura)를 고급스럽게 뿜어내고 있었다.

줄기차게 끌고 온 주제인 〈순환의 바람으로부터〉는 지금도 황 화백의 트레이드마크이자 변함없는 아이콘이다. 사진보다도 오히려 더 정확하고 실감 나는 그림이다. 색도 잘 쓰지만 붓질 솜씨 또한 예사롭지 않아 볼수록 눈을 의심케 한다. 관객들은 극사실주의 기법의 초현실적 상황에서 멈칫한다. 그러나 풍성한 스토리텔링에 이끌려 동화적 판타지 세계로 마법에 걸린 듯 어느 틈에 빠져든다.

한두 송이의 꽃으로 화면을 꽉 차게 그린 다음에 어디에서 데려왔는지 얼룩말, 사슴, 피노키오, 에디슨 축음기, 소파, 침대, 여행용 가방, 지프, 헬리콥터 등을 화면 안으로 툭툭 던져 놓는다. 그것들은 마치 오랫동안 머물던 거처에 있는 것처럼 의젓하고 평화롭다. 털끝만큼도 어색하지 않게 하나로 융합된 이미지는 화면에 착 달라붙어 마치 유목민처럼 제자리를 잡는다. 일견 엉뚱해 보이는 사물들은 사진보다 더 사실적으로 편안한 표정이다. 황 화백의 열정과 에너지가 담긴 순환의 바람을 계속 불어넣어 주기 때문이리라. 딱 한마디로 표현하자면, 그럴싸한 모임에 초대돼서 괜찮은 사람들과 어울리며 처음 맛본 고급 음식처럼 어떤 말로도 표현할 수 없는 맛처럼 눈에 착 달라붙는 그런 느낌이다.

노마드의 꿈

감성시를 즐겨 쓰는 청연(靑演) 조은영 시인이다. 전업으로 글을 쓰다가 2014년, 설중매 문학상 공모전에 「사랑앓이」 외 2편이 당선되면서 공식 데뷔했다. 이미 2003년 실화를 바탕으로 쓴 드라마 원고를 써서 필력을 인정받은바 있으며, 올해 초, 첫 시집 『사랑비가 내린 후에』를 출간하면서 인터넷을 통해 많은 독자도 확보했다. 그에 힘입어 연달아 2집을 출간한 것이다. 그 외에도 또 시집 1권 분량의 시가 보관돼 있을 정도로 왕성한 창작력을 발휘하고 있다.

청연이 첫머리 '시인의 말'에서도 밝히고 있듯이 황제성 화백의 그림에서 좋은 주제와 소재를 얻었다. 시와 그림으로 사물을 바라보는 눈이 같았다는 당돌한 생각으로 그림을 감상하면서 시로 바꾸었다. 40년 이상 외길을 걸어온 화가와 감수성 풍부한 40대의 감성 시인이 만나 펼쳐지는 시와 그림의 세계에서 필자도 함께 어울려 신바람 나는 재간을 발휘해 해설을 쓸 기회가 왔다. 70여 편의 시를 어마어마하게 총 10부로 나눴다. 맨 앞으로 내세운 시 「생명의 날개를 달아」부터 빼 읽었다.

다시 태어나면
정착하지 못한 그들에게
나만의 세계를 보여 주고 싶다

소중한 것은 무엇이든

바람은 왜 부는 것인지

걷지 않고 자동차를 타고

잔디 위보다

소파에 앉는 걸 좋아하는지

– 「생명의 날개를 달아」 부분

첫 작품부터 예사롭지 않다. 황 화백의 그림을 완전
히 꿰고 있다. 황 화백의 〈순환의 바람으로부터〉 1번은
초록의 이파리를 틔우는 생명의 신비를 다룬 청색 계열
의 극사실 작품이었다. 지금처럼 환상적이거나 초현실
적이지는 않았다. 고목의 보굿을 뚫고 나오는 생명의
신비를 담담하게 묘사했을 뿐이다. 그렇다. 청연이 바
로 보았다. 황 화백은 노마드를 통해 희망의 메시지를
그렸다.

청연은 황 화백의 그림에서 '살아 있는 생명에 날개
를 달아 / 숨 쉬고 노래하는 것들을 느꼈던 모양이다.
그래서 '살아 있다는 것은 / 정말이지 감사한 일'이라며
황 화백과 줄탁동시(啐啄同時)하게 됐다. 그야말로 청
연(병아리)은 깨달음을 향하여 앞으로 나아가는 수행자

요, 황 화백(어미 닭)은 청연에게 깨우침의 방법을 일러 준 스승이 된 셈이다. 표지화가 된 두 번째 시에는 그러한 진심 어린 격려에 감사하는 마음을 듬뿍 담았다. 이처럼 사랑은 세상을 돌리는 강력한 동력으로 빛을 발한다.

청연은 긍정적이면서도 매우 도발적인 성격의 소유자이다. 카톡으로 대화를 나누다 보면 거침없이 자신의 할 말을 쏟아낸다. 어떨 때는 내가 할 말도 잊고 멍 때리고 있어도 공격은 멈추지 않는다. 대부분 그 정도가 되면 어지간한 사람은 녹다운된다. 하지만 필자도 산전수전 공중전까지 거치면서 험한 세상과 맞짱 떠 굳은살로 온몸이 무장된 상태다. 끝날 때까지 참고 참았다가 단답형 답변을 보내면 이내 자신의 잘잘못을 가려내고 즉시 바로잡을 줄도 아는 지혜와 긍정 마인드도 청연은 겸비했다.

시인으로 살아온 날들을 뒤돌아보면 결국 남아 있는 것은 후회와 허망함이 앙금처럼 바닥으로 가라앉아 굳는 것도 훤히 보인다. 예술은 그것마저도 소재로 삼아 쪼아내는 고도의 테크닉을 요구하는 장르이다. 상처를 치유할 당찬 의지가 없다면 애초부터 접근하지 말아야 할 불가침 지역이다. 때로는 상처 입은 다른 이들도 구제한다고는 하지만, 그럴 만큼 여유를 부릴 작가는 영

콤마 영영 퍼센트 정도밖에는 세상에 존재하지 않는다.
각설하고, 중간 후반으로 훌쩍 뛰어넘어 제6부에 수록
된 작품으로 넘어간다. 역시 꿈을 찾는 중이었다. 행간
을 널찍하게 한 칸씩 띄워서 흥분을 가라앉히며 조심조
심 숨 고르기 중이다.

불어온다

스며든다

바람이 꽃들에 스쳐 가는 건

당연한 일이겠지만

내가 바람을 나의 이상과

닮았음을 주장하는 단 한 가지 이유는

바람의 순환으로부터 시작되었기 때문이다

네 생각이야 어떻든 말이다

노마드의 꿈

서로 사랑하듯이.

– 「꿈을 찾아서」 전문

그림은 씨줄과 날줄로 엮인 화폭에서 원하는 생명이 살아 숨 쉴 때까지 칠하고 또 칠하고 때로는 다시 긁어낸 후 덧칠하는 고된 육체노동 끝에 세상 밖으로 나온다. 시 또한 그 과정이 다르지 않다. 시인은 밑도 끝도 없는 허공에 그물을 치고 희망을 낚는다. 시인은 온 세상 고통과 불안과 번민까지도 혼자 짊어진 채 천형의 고행길을 자처하기도 한다. 그림은 보는 시각이나 그때그때의 기분에 따라 느낌이 달라 보일 수 있지만, 시는 성문화된 글자라서 빼도 박도 못한다. 그러나 시를 다른 감정으로 바꾸려면 단어 몇 개를 빼 위로 아래로 옮겨도 되는 장점도 있다. 하지만 그림은 아예 다 지워 버리고 다시 처음부터 시작해야 한다. 우리네 삶도 마찬가지다.

그런데도 황 화백의 그림에서 비밀코드를 찾아내 푸는 청연의 시도가 참으로 대견하다. 둘이서 많은 이야기를 주고받은 사이가 결코 아니다. 그런데도 경이롭고 매혹적이고 세련되고 다양한 감동을 깊은 우물에서 두레박으로 찬물을 끌어올리듯 계속 퍼내고 있다. 둘 다

탄탄한 묘사력으로 맘껏 상상의 나래를 펼치면서 적절하게 순환의 바람을 불어넣는다면 그 생명력이 한층 더 오래도록 사람들의 가슴속에서 살아남을 것이다.

청연의 시를 평범한 감성 시로 대하면서 읽는다면 실패한 읽기다. 모스부호와 같이 툭툭 건드리는 암호를 판독할 능력이 없다면 잘못 읽거나 끝내 읽어 낼 수가 없다. 이번 시집의 시들도 감성으로 위장한 채 철저하게 알레고리(allegory)를 주입한다. 시편마다 귀한 말씀(?)들이 몽둥이로 변해 느닷없이 후려친다. 평범한 소재들도 황 화백이나 청연의 손아귀에 잡히면 색달라진다. 자신들의 화두를 요리조리 끌고 다니면서 신나게 한바탕 즐기시라.

시를 그림으로 그려 내고 그림을 시로 풀어낸 경우가 없었던 건 아니다. 하지만 시 같은 그림, 그림 같은 시의 만남이란 쉽지 않다. 작품 속에는 작가가 미처 하지 못한 혹은 일부러 감춰 둔 이야기가 장편 소설만큼이나 과감하게 생략되기도 하기 때문이다.

애초에 넘겨받았던 원고가 갑자기 바뀌는 황당한 사건도 발생했었다. 먼젓번 원고는 잠시 보류하란다. 이 원고부터 시집으로 내야겠단다. 왜냐고 물으니, 갑자기 황 화백의 그림에 필이 꽂혔단다. 털끝만큼도 딴 맘은 없다고 했다. 더 놀라운 사실은 70여 편을 불과 열

노마드의 꿈

흘 만에 탈고했단다. 필자도 예상하지 못했던 대반전이다. 아무리 생각해 봐도 불가사의한 기적이다. 감수성이 예민한 것은 이미 감지했지만 이처럼 단숨에 호쾌하게 써 낼 줄은 미처 몰랐다. 그림과 시가 만나서 떠도는 사랑 이야기가 결코 아니다. 더는 방황하지 않고 안정된 보금자리를 찾아 오래도록 정착하고픈 '노마드의 꿈'을 보여 주고 있다.

마지막 제10부, 「명리(名利)」에 '감동과 희망을 남기고 싶'었던 청연의 진솔한 고백이 담겼다. 도대체 '명리'가 뭔지 국어사전을 넘겼다. '세상에서 얻은 명성과 이득'이라고 풀이돼 있다. 그렇다면, 명성과 이득을 챙기려고? 그게 아니라 했는데…. 그 밑에 2번 항으로 '하늘에서 부여한 운명과 자연의 법칙'이라는 또 하나의 해석이 있다. 아뿔싸! 괜히 청연의 속마음을 의심했다는 생각을 급히 거둬들이며 시치미 뚝 뗐다. 그런 필자의 표정을 상상해 보시라.

「명리」 다음에 있는 이 시집의 맨 마지막 시 「시인(詩人)과 화가(畫家)」에서 청연은 '시인은 시로 그림을 그려 가고 / 화가는 그림으로 시를 쓴다'고 말한다. 그래서 글이나 그림이나 '모든 대상의 속성을 꿰뚫어 보는 능력은 같다'는 결론까지 끌어내고 있다.

E.H 곰브리치는 "화가가 의문을 갖고 탐구하는 것은

물리적 세계로서의 자연이 아니라 우리가 반응하는 것으로서의 자연이다."[1]라고 말했다. 그렇다. 아무런 생각도 없이 있는 그대로의 풍경을 베낀 그림이라면 거기에서 어떤 의미나 사상을 찾아야 할 이유가 없다. 시 또한 마찬가지다. 한 편의 시는 활자화된 글자가 전부가 아니다. 그 시를 쓴 시인의 말을 읽는 게 아니라, 그 시인의 시가 말하는 농축된 철학적 사유를 찾아내는 읽기라야 올바른 읽기가 된다. 니체(Friedrich Nietzsche)도 "글을 쓰려면 피로 써라. (…) 다른 사람의 피를 이해하기란 쉽지 않다. 그래서 나는 게으름을 피우며 책을 읽는 자를 미워한다."라고 말했다.

'노마드(nomad)'하면 가장 먼저 떠오르는 이가 있다. 800여 년 전에 몽골에서 유라시아까지 동서를 잇는 실크로드 시대를 열었던 역사상 가장 위대한 정복자, 알렉산더 대왕보다도 더 많은 땅을 차지했던 초원의 황제 칭기즈 칸이다. 그의 기백은 20세기가 끝날 때까지는 동양인이라는 편견으로 주목받지 못했다. 그러나 칭기즈 칸은 뒤늦게 부활했다.

요즘 사람들은 직장을 따라 이동하는 게 일상이 됐다. 결국, 누구나 부유하다면 즐기려고, 가난하다면 살

---

1) 차미례 역, 『예술과 환영』, 열화당, 1989, 69쪽

노마드의 꿈

아남기 위해 노마드가 될 수밖에 없는 세상으로 탈바꿈
됐다. 세계 초일류 기업으로 성장한 S기업에서도 생존
을 위한 노마드 전략을 필수로 경영에 접목해서 성공했
다. 영원한 푸른 하늘을 꿈꾸는 칭기즈 칸이여! 시여!
그림이여! 영원무궁 빛날진저.

크라우드 펀딩(청연을 돕는 사람들)
임병선, 황백조, 이원규, 송영권, 최의도, 허현숙 등